# Larin-Kyösti

# Etsijän tarina

## suuraakkosin

# MEGALI

Larin-Kyösti

# Etsijän tarina

## suuraakkosin

Alkuperäisen jäljennös.

1. painos 2023  |  ISBN: 978-3-38707-948-7

Megali Verlag on Outlook Verlagsgesellschaft mbH:n imprint.

Verlag (Julkaisija): Outlook Verlag GmbH, Zeilweg 44, 60439 Frankfurt, Deutschland
Vertretungsberechtigt (Valtuutettu edustamaan): E. Roepke, Zeilweg 44, 60439 Frankfurt, Deutschland
Druck (Painotalo): Books on Demand GmbH, In de Tarpen 42, 22848 Norderstedt, Deutschland

# ETSIJÄN TARINA

KIRJA

LARIN-KYÖSTI

1901.

Hän eksyi, lankesi, nousi taas ja ristipoluilla kulki umpeen, ja läpi runkojen ruskeain kuun sarvet loisti kuin terät lumpeen. Hän hiipi lymyten kyyryissään ja pedon jälkiä vainui, hän oli nääntyä noroihin, kun korven kohtuun hän painui, hän katsoi taakseen ja seisahtui ja piti vireillä lintujousta, taas rasti tietä hän sauvallaan ja vaivoin vaaralle alkoi nousta. Hän idät katsoi ja katsoi lännet, vain kaijun tyttäret kutsui luoksi, puunneulat silmissä säkenöi, ja maassa tuliset nuolet juoksi. Hän näki luoteessa höyhensaaret, ja pohjan porteilla välkkyi kulta. Ja katso: alhosta tuikki tulta, ja kaukaa vihelsi palorastas, hän tunsi palavan turpeen tuoksun ja kuuli kellojen kilinää, hän huusi riemusta täyttä rintaa, ja laakson pohjasta ääni vastas... Ja jalka liikkui kuin karkelossa, kuin mailta kultaisen kuutamon hän tuli tulille paimenten. — Siell' illoin istui hän leväten, ja katse harhaili nuotiossa pään hiljaa vaipuissa vasten kuusta, mut muiston kentillä aatos juoksi; kuin sen, ken mykkyydess' surrut on, nyt puhe virtana pulppui suusta, hän kertoi elämän tarinaa, hän kertoi erämaan tarinaa.


# I


Ma mökkini harjaa veistelin, ja kirves huurteessa kiilsi, ma leppien aukosta kirkon näin ja vilu mun rintaan viilsi, sen kirkon kellojen pakkoa en koskaan ma kärsiä voinut, sen varjohon äitini vietihin, siell' itku ja ilve on soinut. Ma kirkkoa vältin ja yksin jäin ja luotin luontoni voimaan, ma kuljin kujassa pystypäin ja siksi ne työtäni soimaa. Ne tulivat ilkkuen mökkini luo, ne vilkui viekkahin silmin, ne huoneeni haltian vieroittivat, ja ma lauloin inhoni ilmi, en käynyt virnujan vieraissa, en kairaa lainannut niiltä, en neuvoa vanhoilta pyytänyt, siks kateina katseet kiiltää. Ma sentään iloa isosin ja neitsytlempeä janoilin, vaan vieras siell' olin aina, en istunut penkissä parjaajain, mä Luojaani luonnon templistä hain, sen katto ei ikeenä paina... Siell' yksin astelin, aattelin: miks päätäni valheilla vaivaan, on maailma suuri ja suunnaton ja paistaa se sielläkin aurinko yli suuren, sinisen taivaan. Maan raossa lepää lempeimmät, ja tyhjältä tupani näyttää, kaks kättä on mulla ja kannel myös, niit' tahdon ma taidossa käyttää; ei mull' ole naista, ma yksin oon, ma viluista vuodetta kaihdan, vaan myyräksi Luoja ei luonut mua, ma kontuni tultahan vaihdan. Suven seuduille henkeni liitelee ja voimani kuluu täällä, kun viidat rannoilla vihannoi, ja muuttolintujen siivet soi, soi kutsuen kuistini päällä, ma lähden pois ja ma hiljaa käyn, en tiedä, kuljenko kunne, mun jalkani jälkiä etsitään, vaan tietäni kukaan ei tunne.

Oli tuskin viikkoja vierinyt, kun soi mun äitini kellot, taas läksin avaraan maailmaan, jäi armahat ahot ja pellot. Olin vapaa näin, olin nuori myös ja viitat tiell' oli tarkat, minä kultasin sauvani kirjatun pään, lens aatos määrättä valloillaan, mua ootti nyt kulta ja kunnia vaan ja kuohuvat, täydet sarkat. Näin elämänvirran vilinää päin minä sousin ristin ja rastin, en nähnyt murheen varjoa, joka seurasi haudalta asti...


## II

Tuli vastaani kulkeva neitonen, Tien-Taaria, mieron kukka, kävi pyöreät lantehet laineissaan, sinitummana heiskui tukka, hän paljain jaloin hyppeli, ja helmat ryysyinä riippui, mesimättäillä rintojen hyllyäväin tinatiukuset nauhoissa viippui. Ma mustan ruusuni, ruusuni näin, mun ruusuni kaunihin, kukan, lumivalkeat, loistavat hampaat näin, näin silmissä välkkeen hurjan. Ja maantien sannalla kaarestain hän punaista huivia huiski, hän katseli silmihin sirkuttain ja kuumia iloja kuiski, hän hämärää laulua hyräili: hai, dussa, dussa medaari, mit dschau, mit dschau, hai, dingeli, dei, niin musta on taivaankaari! Ma hurjia silmiä suutelin, me juoksimme metsän rintaan ja ma lauloin: "nyt olet prinsessain, sun seikkailusaaresta kotiin hain, ei meill' ole onnen hintaa. Ja katsos, Taaria, Taariasein, me käymme kuin auringosta, nyt kullan helinän kuulla saat mun sauvani ontelosta, sun yllesi säteripalttinat puen, ma leilini viinillä täytän, salakätköni sulle ma paljastan ja metsäiset linnani näytän, katinkultaiset kaikki sen tornit on ja akkunat kullasta kuutamon, siell' loistaa morsiusvuode, kun vihreään kuherruskammioon me hiivimme häitämme juoden, siellä nukkua saamme me soitantoon kuin onni ois meidän juuri, mit dschai, mitdschai, mun Taariasein, se maailma on niin suuri!"

Me teimme metsähän valkean, miss' suitsui lämpöinen hiili, yöperhot tulehen lenteli, ja lauloi kehräjälintu. Nyt alkoi Taaria tarinan ja petos äänessä piili: "Mua lehtolapseksi kutsutaan, vaan itse tiedän ma toisin, — jos oman äitini löytäisin, niin neiti ylhäinen oisin, ois mulla vaunut ja huvipurret, ois ratsut, marmorisoimet, ois kultakengät ja helminauhat ja höyhenpatjat ja silkkiloimet, ei rikkautta ois moista. Vaan äitipuoleni, hylkyvaimo jo lasna ryösti mun koista, kun nukkui huoleton hoitaja ja nurmell' yksin ma telmin, ma juoksin perhoja pyytäen, soi kultaketjut mun kaulassain, vyö välkkyi helkkyvin helmin. Sen puiston muistan ma vieläkin, siell' leyhyi tuuheat tammet, näin valkojoutsenet ruovikossa ja kultakalaiset lammet. Ma muistan ruskean vaimon myös, hän valkoperhosen antoi, ma muistan sormet ne suoniset, kun metsään kauvas hän kantoi. Hän juoksi siltaa, ma kuulin solskeen, näin virran kuohuvan, vuolaan, taas mäet mätkyi, hän katsoi taakseen ja ryömi matalaan luolaan; siell' kiehui tulella kattilat, ja ilmat iskivät tulta, ne vei mun kultaiset ketjuni ja mekon riisui ne multa. Sain sitte kasvaa kuin Tuhkimus, ma armaan äitini unohdin, kun markkinoita ma kiersin ain ja suurta harppua kantaa sain, ma kuljin kylmillä pihoilla ja soitin sortuvin voimin, ja jäätyi poskilla kyyneleet, kun loast' almuja poimin. Ma itkin vierailla vuoteilla ja pelko uneni poisti, öin äiti nurkassa askaroi ja kaulaan ketjuja palmikoi, kuin kulta kuussa ne loisti. Kun kerran juopuen nukkui muut, kuin varas hiljaa ma nurkkaan hiivin ja vanhan lippaan ma aukaisin, näin helmet heljät ja käädyt hienot ja soljen sisästä kuva välkkyi, näin äidin kasvot niin hellän vienot, ne mulle hymyili läpi muiston: nyt muistin silmänsä suuret, kirkkaat, näin ison linnan ja nostosillan, näin kultakalat ja joutsenet ja vanhan, tuuhean puiston. Sen soljen kätkin ma povehein ja sinne usein ma käden vein. Kun aamu-atriaa sitte syötiin ja yli kattilan kumarruin, niin armaan aarteeni paljastin; mua vitsoin kasvoihin lyötiin, ma maassa manaten kirkasin kuin kirkuu kuollessa jänön lapset, vaan sitten olin kuin mykkä yö ja istuin hajalla hapset. Kaks pitkää päivää ma istuin näin ja yöni itkien vietin, soi hellä ääni mun unestain, kuin äiti kutsuisi luoksi; taas soitin harppua kujissa ja pakoretkeä mietin. Kun tuli syksy ja synkät yöt, ma hiivin ylitse nukkuvain ja pitkin vuoria juoksin, ma yhä kauvemmas juoksin pois kuin metsän peikot mua syöneet ois."

### III

Nyt valtateillä taivaltain ma kuljin Taarian kanssa, ma päivin kartoin kutsujaan, öin etsin ilojansa. Ja aamun maille matka vei, ja metsät taakse jäivät, hän kiersi salakisoihin ja viipyi poissa päivät, hän tuli taas kuin hämärä niin hiljaa sekä salaa, hän tuli niinkuin katuja, ml rikospaikkaan palaa.

"En usko, Taaria, taikojas, et yrttiä päivällä poimi, sinä valheen vaeltava sisko oot ja sulla on joutava toimi. Sä oot niin viekas, vallaton ja kulkus tuskin puhdas on, sä oot niin helynheikko; kun mua huima huutelit, ehk' ensin toista suutelit, sä olet pieni peikko; ma päivin usein elkees nään, on silmäs silloin häijyt, et koskaan käy sä kirkossa ja rauhaani sä väijyt. Sä metsän ilveskissa oot ja käyrät kyntes peität, sä miesten mieltä kiihoitat ja lemmen juomaa keltät. Sun sieluas ma säikähdän kuin syksyn salatöitä; ma haaveksin ja halailen vain niitä suviöitä, kun kotimetsän polulla näin Aune neidon nuoren, hän pyhää virttä lauleli ja itki alla vuoren. Hän oli päivän valkeus ja sinikellonkukka, sä olet käärmeenlehti vaan ja lemmen hurja tukka, sä veren oot velhotar ja silmissäsi tulta on, se kiehtoo sekä pistää; ja Auneain ma ikävöin, mun Auneain, mun armastain, vaan lumirinta pulmustain en löytää taida mistään." —

"Tiehaaran" kievarin seinät soi, helis' sillat ja akkunapielet, jalanastujien, majanmuuttajien oli aivan rennolla mielet. Tiehaaraan tiet kävi säteettäin, sen isännän aina ma nauravan näin; se mies oli pukarein parhaita vaan, ken ilveillä vilkutti veistä ja kolmesti kannunsa tyhjensi ja saattoi sangolla seistä. Oli tervetullut joutiomies, tuvan oljilla sijaa riitti, oli vieras, tuttu, niin kättä ne löi ja haltia käymästä kiitti. — Sinne silmänkääntäjät kiertää sai ja haarikan, kaksi ne saivat, ne loihtivat vatsansa haastelemaan ja seipäät ilmassa seisomaan, tasan niin kävi velat ja vaivat. Siellä nähtihin seitsemät ihmehet maan ja nuoralla juoksijat tangoillaan ne renkaita heitti ja kieppejä löi, ne tulta ja miekkoja nieli, ne taitonsa uhmasta hullaantui, sekasaksaa vongersi kieli. Soi säkkipillit ja sirmankat, pihanurmella piiparit soitti, sävel ontui ja vaikka se lankesikin, niin kainalosauvoin se laukkasi taas ja aina se mielen voitti. Ma hullunkurisen elämän näin, se oli niin lysti ja leino, se maantietaiturin korvissa soi kuin maailman kaunein keino, rikas siell' oli joukossa jokainen, kukin kaas tai onnensa nosti, Tiehaaran tynnörit täys' oli kai, Tiehaarassa paistoi omenapuut ja kauniimmin paistoi naisten suut, rovoll' lemmen vihreän lehden osti ja kauniilla katseella ystävän sai. Tiehaarassa maailman kulkeva mies sai olla, mennä ja tulla, jo kaukaa kutsui se poikkeamaan, sen akkunat valkeissa puitteissaan oli kauvan muistossa mulla. Siell' aikani vartta ma vaeltaessain sain onnea viikon verran, siellä Taarian, mustan ruusuni mun, näin, näin minä viimeisen herran.

Näin kankaalla punaisen nuotion, tulen ääressä yöpyvän joukkion, valo heijasti puusta puuhun, ne söivät muroja rikkaiden, mitä saivat kädestä suuhun, ne lämmitti rintaa ruskeaa, vaan kylmänä värjyi kylki ja sättien valkeita veljiään ne tielle kolmesti sylki, ne katseli mykkinä toisiaan tai puhuivat salaista kieltä. Ma toivotin iltaa ja istahdin, olin täynnä ma mieron mieltä, ma kuiskasin vanhaa tarinaa, miten elämä kullassa kangastaa, miten hullu sen lunnaihin luottaa, miten kuuman kosken niskaan se vie ja liukas ja luisu on kaunis tie, joka eksyjän paulaan puottaa, ja ihmiset tanssien kuiluhun käy, ne kerran huitoo ja sitten ei näy. Ma kyselin tummaa Taariaa: oi, ootteko nähneet Taariaa, nyt missä hän mahtaa vaeltaa, hän mennyt on pois, hän mennyt on pois kuin puissa kulkeva varjo hän ois? Ja musta, valkeahapsinen mies, jonka hampaat valossa loisti ja silmissä paloi synkkä lies, nyt Taarian nimen toisti: "En tunne kiertäjä-Taariaa, hänet nielköön alinen, musta maa, hän on heimonsa haltiat pettänyt ja jokaisen jalkanainen on nyt, ja sen, joka kultaa on tyrkyttänyt, hän verensä vaahdoll' on myrkyttänyt, ken Taarian huulten hunajat joi, sen raiskaa elämän ruoste ja koi, se ilonsa surmas, valkea mies, jos Taarian näit, on onneton ties!" Mut vaimo lempeä haastoi: "on valjennut taatan tumma haps, hän suree, kun lempensä lapsenlaps pois hukkui tuulien teille, miks tuuli viidassa vaeltaa, et vastausta sa koskaan saa; toit viestin viluisen meille. On musta korpilla höyhenvyö, vaan sitäi tummempi meidän yö, ja mustalaista ei kukaan auta, sen askel raskas on niinkuin rauta, on vuode talvinen taivas'alla, hän kaikkein hylky on kaikkialla, käy vitmi äärellä nuotion ja hauta maantien ojass' on, ja kotimaansa on rannaton maa, hän muuttolintuna kiertää saa; maa oma sull' on ja kotilies, käy hyväin hoivassa, matkamies!"


## IV

Ma tartuin taasen matkasauvahan ja kuljin suven maita kohti ja laulain unhoitin ma Taarian. Jo kaukaa näin ma Riemun kaupungin, sen tornein kultanastat hohti, siell' toivon tuulten ilonsävel soi, ja humu leikitellen leikamoi. Sen maineesta ma kuulin aikaisin, jo lasna usein nähdä halailin sen kimmeltävää porttipieltä. Jo sinne yöpyi moni ystävä, tai murtuen pois horjui sieltä ja sinne haaveksijat, etsijät vei voimistansa osan parhaan, öin päivin sinne monen matka käy ja monen aatos sinne harhaa. Ma kuljin ali kauniin kaaripuun, näin palatsien pitkät sarjat, näin sinisillat, lemmen lehtolat ja ruusutarhat köynnöskuistineen, näin punertavat, jyrkät taiteharjat, näin harmaat kujat, satasokkelot, näin raatihuoneen vanhanaikuisen, sen päässä kiljui ruosteen syömä viiri, sen kupuun vielä vaskenkuultavaan sai kuvastua taivaan puhdas piiri. Näin kummulla ma kellotapulin kuin vanhan ukon, jok' on yksin, kuin nukkua se tahtois seisaaltaan ja kera naakkain vain ja pilvien nyt haastelisi ystävyksin, sen suusta muinoin vonkui hätäkello, se miehet kutsui miekkavöihin, vaan kello ruostui, aika toinen nyt vei miehet huveihin ja töihin. Näin ison torin, siellä sekaisin nous kantotuolit, päivänsuojat, siell' liikkui ylhäiset ja ryysyiset, maamiehet, porvarit ja tuojat, ne seisoi kujilla tai porteillaan ja toivottivat ilon iltaa ja torvet toitotti ja töyhdöt sous, kun huovijoukko marssi siltaa. Maan kaivolla lens valkokyyhkyset ja veri välkähdellen ilmaan pirskui, siell' istui immet saviruukkuineen, ne vuoroin ammensi ja tirskui, päät yhdessä ne kaivoon katseli, taas lemmenretkistään ne supatteli. Ja soitto kuului viinituvista, siell' laski juomaa neidot veikeät ja poskipäillä päivä paistoi, siell' istui ystäviä parvittain, ne haarikoistaan naurain maistoi. Ma sinne astuin hymy huulilla ja rintaan nousi riemun laine, löi nuoret suonet, humu huumasi ja lempi levoton ja mahti, maine. Ma katsoin taivasta ja ulapalle, siell' liput liehui, mastot häilyi, pois haahdet liiti purjeet pullellaan, lens aatos satusaarten valkamiin ja meren suuri silmä päilyi, myös minä tahdoin kauvas laskettaa ja kotiin tuoda kuulun kultataljan, näin loistavan ja laajan maailman, ma ilmaan nostin täyden maljan. Ja ilmass' oli kuin juhannus, kuin kukkaispölyjen suitsutus, kun laulaa kiihkeät, nuoret kertut, ja mulle kajasti laulunlaaksot ja kuulti tähkäiset teon tertut. Ma tunsin jänteissä tahdon tulta ja kävi viininä nuoret nesteet, ma kartoin tuskien tunkeilua, jo kaukaa kiersin ma pienet esteet, ma tahdoin elon tanhuella ja naurun kannelta kaijutella kuin oisin veren valtijas ja ilon ilveilykuningas. Ma elin elkeissä narrein saatoss' ja lensi ympäri kevyt aatos, näin elon armaina alanteina, sen äänet helkkyivät tumpeleina, sen polut eessäni karkeloi. Niin pyörin elämän pauhinassa kuin korurikkaassa hoijakassa, ja helyt heiluvat soi. Ma katsoin elämää kirjavaa kuin suurta huvitusnäytelmää tai hauskaa laskiaisillanpilaa. Näin seikkailusta vain seikkailuun ma riensin, unhotin kaiken muun ja hyvät ystävät antoi tilaa, mua hyvähuudoilla huumattiin ja nimen kaikua kuiskattiin, kun valon nimeen ma vannoin. En silmäniskuja huomannut, ma narrinpeliä jatkoin vaan ja tunteen tulvia aina annoin, näin päivänpaistetta tiellä vain ja aika kului kuin suhahtain. Ma suuruusunia unelmoin ja maineen myrkkyä salaa join, ma pengoin syntyjä syviä ja itse teossa kaivoin kuorta, ma luulin vuoria siirtäväin ja työnsin eelläni pahvivuorta...

Ma maantietapani hylkäsin ja luonnon hurjuutta kesyttäin ma päivänlapsien ääntä matkin. Ma hajuvoiteilla tukkaa kastin, ma punaviinien mehut latkin ja kuvasanojen kukkia ma tielle siroitin sopertain; vain hienon maailman nukkia ma siroin sonetin ihailin. Ma kuljin silkissä, kiiltokengin ja yrttilemuista ilmaa hengin, kuin lauluritari ruusun toin ja naisten varsille katseen soin; ma untuviuhkojen viimass' soitin ja heloluutulla hiljaa säistin, öin höytenpatjoilla lepäilin ja päivin rahvahan teitä väistin.

Ja ruunut loisti ja soitto soi ja harsohelmat ne ohi liehui, ma kaikkein kauneinta aina hain ja salaa rinnassa hehku riehui. Siell' lemmenliekkejä hillittiin ja kaunokäänteissä keimailtiin, ja kengät liipaisi lattiaa pois hämysoppiin ja palmuin taa. Ma etsin janoten hellää ääntä, mi minun tähteni värähtäisi, ja nostais rintani riemun myrskyyn ja sinne ijäksi soimaan jäisi. Ma päivän perhoja tavoitin ja juoksin ristiin ja juoksin hukkaan, ma monen hempeän hylkäsin, en nähnyt varjossa liljankukkaa, näin hoikat oikkujen keijut vaan, ne leijuu hunaja huulillaan, ne kutsuu kuutamoleikkeihin ja sokkoisjuoksuhun lietoon, ne siivin ruusuisin kimmettää, kun pois ne lentäen kietoo. Ma salist' toisehen harhailin. Kuin houruhypyissä parit väilyi, ja soiton laineilla varret sous, ja seinät silmissä häilyi. Ma pylvään varjohon lymyilin ja kylmin katsein ma hymyilin: siell' itserakkaus prameili, suupaltit arvoa usein niitti, kun mairesanojaan tuhlaten ne itse rumuuden kuvaa kiitti; näin muotihupsut ja tavan orjat näin hännät heiluvat, niskat norjat, ja narritiukuset kiikkui. Vaan ventovieraana Ilo kulki, kun ontto, punnittu nauru soi, ja Tyhjyys ilmassa ilkkui. Näin valekukkaset poskipäillä, en nähnyt tummia toukkia, mi hiipi kiiltäviin verholehtiin; näin hyveen kullatun, nähnyt en, kuin konnan koukkuja salaa tehtiin. Näin takaa imelän irvistyksen jo ammoin sammuneet vihan raivot ja takaa alhaisten aatosten näin puolikasvuiset, pienet aivot. Siell' loisti lihava keskinkerta, se seuralahjoja uurnaan toi, se taiteen vaakaan ne tahtoi jättää, se lainaneronsa julki huus, ja tuhmuus taputti kättään.


**V**

"Fiat lux!" se oli tunnuslause, kun istuin kuunnellen kolleegioissa; näin bacchalaureot ja keltateinit ja tiedon templiherrat katedroissa. Ne vanhan ajan kronikoita tutki ja aikaan tulevaan ne tähysti, vaan silmä etsinnästä tummentui ja alas vaipui raskas kaukoputki. Ne sanoi: luonnon eess' on järki niukka, ja toiset: maailma on tomun hiukka, ne kaikki kaivoi, penkoi mielinmäärin ja kullai oikein oli, muilla väärin. Ma tahdoin tietää, mik' on tosi, väärä ja elämisen suuret tarkoitukset, siell' leipävirka oli silmänmäärä ja opin arvot sekä saivarrukset. Siell' ylipapit kulki kuninkaina ja ympärillä väilyi sankka saatto, puuseitoina ne nyökkyi tuoleissaan tai paukuttivat esiin dogmejaan kuin jokainen ois ollut pieni Plato. Ne loisti itsetiedon valossaan, vain kaukaa väikkyi tiedontarhan heelmät ja läpi kirjakasojen ja kiirastulen sai käydä ongelmat ja väitteet, teelmät, piikivellään ne taulaan iskivät kuin ois se salakivi viisaiden, ne pikku kipenäänsä ihastuivat ja omiin kompiinsa ne kompastuivat. Ja turhantarkkuus oli kannustin ja siipinä vuos'satain vanhat kaavat, kun keppiratsasilla laukkailtiin maan piirit sekä taivaat aavat, tiet pitkät oli sekä mutkikkaat ja kautta arvelujen eistyi aste, siin' oltiin, mistä eilen löydettiin, taas seistiin kaksin jaloin maata vasten. Kuin kylmyydessä istuin värjöttäin, kun ylipapit puhui kuivin huulin ja suuret lainasanat pulppui suusta; päät nyökkyi, vanhat kirjat pölisi ja silmiin varjo taittui tiedonpuusta —. Kuin hyttyishyrinä se korvaan soi, vain yhdellä ma tiedon tulvaa kuulin, kun toiseen korvaan runosäkeet soi ja viserrysten heläjävä kuoro. Ja ulkopuolla kirkas päivä paistoi, työn templit näin ja harmaat kivilinnat ja rakentajat kulki telineillään, ne elonpuusta voiman mahlaa maistoi, soi työssä nauru sekä juhtain voihke mua myöskin ootti siellä vuoro. Sen tiedon templin isä, suur'patronus ol' ammoin kuollut tietäjä Ignotus, hän suuri henki oli aikoinansa ja katsoi kauvas tähtipuikollansa, kuin merikotka aatos ilmaan nousi, maan uumeniin hän tunki, ikijäähän ja piiriin ilmattomaan niin hän hyytyi, — hän palas elon taiston tasangoille ja haudan neljään seinään viimein tyytyi. Hän jätti jälkehensä vanhan arkun, se kätkettihin kolmen lukon taakse ja kaivettihin maahan templin päähän. Lie ollut kumma mies tuo suur' Ignotus, hän kielsi arkkuansa avaamasta, "kun lustrumia kaks on kulunut", niin määräsi hän, "avatkaa se vasta!" Sen sisällöstä usein tarinoitiin ja sinne tänne siitä aprikoitiin, se aikaan hämärähän valon loisi ja monen umpisolmun päästää voisi. — Ja aika täyttyi, tuli suuri hetki, ne vanhan arkun esiin lapioivat, ja kirjavissa juhlamenoissa nyt bacchalauraei kuin myös doctores sen korkealle jalustalle toivat. Nous' ylipappi juhlakatedralle ja puhui kalskuvalla latinalla: "nyt tullut on se odotettu hetki, kun valo leijaa yli ajan uksen ja lankee kauvas suurten isäin teille. Tään tiedon templin itse suur'patronus, mi kiven laski sekä nosti maineen, hän töissään elää, jätti arkun meille, mi kuorehensa kätkee synnyt syvät ja ikuisuuden itäväiset jyvät, se avattakoon nimeen Ignotuksen, ja fiat lux, siis tulkoon valkeus!" Ja kansi lensi sepo selällensä ja kävi odotuksen humulaine, sen ympärillä kaikki tungeskeli: O vanitas... miraclum vanitatum, kuin viisas peikko naurain itseksensä pääkallo arkun pohjast' irvisteli. — Lie koiranleuka ollut suur' Ignotus, ma haudallensa laskin seppeleitä, jäi opin salit omaan onnehensa, taas teininä ma kuljin elon teitä.

Ma katsoin käräjien menoa, näin syytettyjen pitkän parven, siell' ilveiltiin ja vuoroin herjailtiin, näin miehet, vaimot pikku pyyteissään, joill' aina oli kiistan tarve. Siell' lemmen, vihan teot tuomittiin ja juorun kierot torvet huusi julki; ma kuulijoissa monen konnan näin, vaan irrallaan ne ilkamoiden kulki. Näin saivartajat, riidanajajat, lain nimessä ne lain kaarsi, ne tunsi vanhan lauseen tarkalleen: ens' sääntö oikeaa on kieltää; ne väärin vannoi sekä väkivalloin ne ristikoukuillansa raukan saarsi. Näin rikkaat rosvot julkiloistossaan, ne pyhää oikeutta osti, ne tuomarille silmää iskivät ja kahden salakauppaa hieroen ne sormiansa ilmaan nosti, ja tuomari se istui punniten kuin lahjomaton, mykkä paasi ja arvonarka ilme kasvoillaan hän kohtaloita maahan

kaasi, soi voiton, vahingon ja naurun hyrske. sen alta kuului joskus itkun tyrske. Taas kansa katsehensa oveen loi, ne raadin eteen nuoren vaimon toi. "Mua naapurisi vaimo syyttää näin: oot käynyt ilkiteon tiellä, oot vuohen maitoa sa varastanut, et vastaa, nainen, etkä työtäs kiellä? Öin varas käy, ei polkus suora lie, se hylkykehrääjien joukkoon vie, ne onnettomat kehrää, kehrää vain ja vapauttansa ne itkee ain."
— "Oi, armoa, ma pyydän armoa, ma sairas olin, heikko, onneton ja pieni lapsi mulla kehdoss' on, mun sydäniloni, mun silmäni, sen tähden uskoni ma antaisin, sen tähden silmän valon uhraisin, sen tähden talven kukkiin loihtisin, sen tähden taivaan värit tuhaisin, sen tähden pätseissä ma palaisin, sen tähden kuivuudessa kuihtuisin; sen tuskat tunsin sekä kivut kannoin, sen ilot nauroin sekä itkut itkin, sen tähden kaikki teen ja tein mä, sen tähden vuohenmaidon vein mä! Sen sydän sydäntäni vasten tempoi ja nälkä väijyi sinikatsannossa, sen pieni ruusukäsi kouristui, kuin illankastehessa unikukka se uinui kalpeana kuutamossa, mun äidinpienoni ja linturukka. Oi, taivaan Herra, huusin tuskissain, nyt kuihtuu kukkani ja armahain, oi, auta, auta tämä kerta! Ma epätoivoin syöksyin polvillein, ma sairaan lapsen laskin povellein ja kylmiin huuliin tuijotellen taas utareitani ma puristin, ah, köyhät rinnat purskui verta. Ma ryömin lattialla, rukoilin, ma tunsin kuin ois vierryt maa ja kuu ois ollut niinkuin musta pallo, ja tuli kiusaaja ja kuiskasi: lyö, lyö ja riko raukan kallo! Ma vielä kerran lasta suutelin, jo

kättä nostin aikein kypsin, kun kaukaa niinkuin taivaan
helinää ma kuulin vuohenkellon kilinää, laps sylissä ma
tarhaan syöksähdin, ma hiivin vuohen tuo ja lypsin, ma
lypsin, lypsin, lapsi joi ja joi ja suuri ilo korvissani soi. Sen
jälkeen hiivin sinne joka yö, oi, jalo tuomari, siks ällös lyö!"
Hän vaikeni ja kerjäs silmillään, ei sydänääntään kuullut
kukaan, hän kehrääjien joukkoon tuomittiin lain kirjaimen ja
tavan mukaan.


## VI

Ma kylmiin tietoihin kyllästyin ja väsyin hienoihin
valheisiin, ja läpi sieluni kanteleen soi soinnut vaalean
tummat, mua huumas suloinen suruisuus ja kujavarjojen
salaisuus ja mieron tyttäret kummat. Ma usein saleissa
epäröin ja ruusukahleita kammoksuin, vaan nokkoisteitä en
kiertänyt, miss' yhtyi katujen kiiltokuona, ma mieron
mustia iloja hain onnen ostetun luona. Ma korutekoista
elämää luin niinkuin runoa synkkää yössä, mi hurmaa
notkeilla soinnuillaan ja helskyy säkeiden vyössä. Taas
mustat varsani valjastin ja huvikenttiä pitkin kiisin kuin
murheen kyttyräpeikot löis ja naurais pyörissä itse hiisi;
taas katuen minä hiljaa kuljin ja hellyin herkeämättä, ma
onnen oville koputin ja etsin ystävän kättä. Ja sitä miestä ma
usein hain, ken ylväs ystävä mulle oisi, sen piirtäis liittonsa

sydämmeen, joll' oisi sielussa samat aatteet ja yhteensointua kanssain voisi. Jäin monen ukselle kysyen ja oli vastaus outo ain, taas käännyin turhuuden turulle, miss' samat pyyteet ja edut liitti ja maut, oikut ja tavat, vaatteet. Ma katkoin sanoja, tavasin, ma sydänovia avasin, taas herkin sormin ne suljin, ma kuljin ovelta ovelle ja miehest' toisehen kuljin ja tasapainoa etsien kuin muut ma kuljetin iestä, kuin muut ma teeskelin salaten ja eksyin viittojen tiestä. Ja remu riemuksi tekeyi, suut tavan sanoja usein toisti, ja narri narria jumaloi, ja sydän itki, kun silmät loisti; sit' usein outona oudoksuin, miks houkko houkkoa jäämään pyys, kun pöydän alle jäi ystävyys ja kanssa kukkaron laihtui, se päivin murheella haudattiin ja öiseen varjoon se haihtui, taas illoin kuopasta kaivettiin ja tuotiin saatossa juomajuhliin, miss' ilon vierahat varastaa ja huolta isäntä tuhlii.

Ma kuljin aamukansan tungosteillä, kun huvin lapset nukkui suojissaan, kun kadun hieno lemu oli poissa ja meri suihki suolaviuhkoillaan ja missä silkkikengät päivin liikkui, nyt puiset kengät kolskui kivillä, ja missä loistovaunut patjoin kiikkui, työvankkurit nyt kulki rämisten. Työmehiläiset näin ja mannun orjat, ne keräeli talvivarojaan, ne kiskoi, kantoi aamust' iltaan saakka ja levon toivo nosti käyrää kättä, kun olkapäitä painoi raskas taakka, ja kuormaa kuormallensa kasaten siell' leipähuolissansa köyhät hyöri ja voittojansa kiistoin tasaten möi kullanahneet kiiltoromua, soi tehtaan torvet, koneet jyskytti, työn suuri ratas humahdellen pyöri ja kukin väänsi omaa tankoaan, ja kaikki keuhkot imi tomua. Siell' laverteli turhantouhuiset, viis virkaa niillä oli, nälkää kuus, näin katukamasaksat, tuhatniekat, ne vaihtorihkamaansa korviin huus, ja toiset toivat meren antejaan, ja toiset kantoi metsän riistojaan suun suosioksi rikkaan pöytään. Siell' astuskeli pöyhkä porvari ja kuljettajat tieltä ärjyi, ma olin niinkuin muukalainen, mi tungoksessa huvin löytää, työn melu kohisi mun korvissain, ja haavanlehden lailla hermot värjyi, ma olin niinkuin toinen, joutio, niin ypöyksin, ulkopuolla muita, ma väistyin niinkuin rauhan rikkoja ja etsin matalia kujan suita. Ma katsoin hämärihin huoneisiin, siell' äidit hyöri, liikkui kehdot, näin huonemiesten höylää työntävän ja rahat lauloi innon säveleitä, siell' omaa onnea vain vaalittiin ja pienet oli siellä elinehdot, nous sauhu musta niinkuin altis uhri ja pajain suulta lensi säkeneitä, näin nokirinnat, sysisankarit, ne teräskourin kuumaan rantaan tarttui, ja leiskahdellen heilui moukarit, ja silmä säihkyi, voimaa kasvoi, karttui; siell' loisti otsan jalot hikihelmet ja sydän sykki siellä keveämmin, työ unta antoi, rauhaa raatamaan ja silmiin väikkyi koti lämmin. Kuin kääpiö ma kuljin pois ja rinnan ääni soimasi ja sääsi: sa kuljet ilveen tiellä tarvotulla ja maahan kaivat omaa leiviskääsi... Ma naurain katsoin narripukuain ja mietin suunnatonta yhteissaunaa, — miss' eroa ei mulla eikä sulla, — me toisillemme annamme vain kaunaa. Soi kirkon kellot rauhaa julistain, ne armon pöytään kutsui kaijuillansa ja virsikirjoin, pyhävaatteissaan näin kirkkoon kiiruhtavan kansan. Ma määrää vailla kuljin, kuljin vaan, niin yksin en mä ollut milloinkaan, ma muistin, kuinka lasna jouluilloin, kun paloi sadat vahatuohukset, ma katsoin kirkkoa ja mietin silloin: siell' asuu enkelit ja Jumala... Ma astuin vanhaan, pieneen kappeliin, sielt' tulvi soiton heljä kumina, soi kultapasuunat ja suuret urut, ja viima kävi kautta sieluni, taas esiin hiipi vanhat surut, taas tahdoin mukaantua muotoihin, ees' hetkeksi ma tahdoin rauhaa. — Näin alttarilla papin polvillaan, muut rukoellen kiersi helminauhaa, kuin muut ma lattialle polvistuin ja salarippini ma hiljaa luin, ma nurkass' supsutin ja kuiskailin ja suuret synnit heti syysin, mut sydän ilkkui sekä kujeili, kun ainoastaan huulin pyysin. Ma hiukan lisäsin ja vähensin ja muuttui tilin loppusumma: mun pahat, hyvät työni tasaantui; nyt täytti minut aatos kumma: kuin pilvenhattaroilla lepäilin ja istuin heiluvassa vaassa, taas uskoani hiukan epäilin ja ryömin nelinjaloin maassa. Ma katsoin papin pitkää kauhtanaa, sen napinreikiä ma laskin vuoroin, jos niit' on kolmetoista, teen mä niin ja niin, niin mietin, punnitsin ja laskin, jo seitsemänteen reikään ehdin kai, kun urut humahteli kirkkain vuoroin, ja kääntyi kauhtana ja petti muisti; taas Luojan edessä ma liehakoin, ma revin auki pienet arvet, kuin takauksena ne tarjosin, taas päin kuviin liukas katse luisti. Ma muistin myöskin vanhaa Saatanaa näin tulihangon sekä kierot sarvet, hän kulki alastonna niinkuin häpeissään ja piiskurina vallan jouten hääri, taas astui profeettana mietteissään ja vartalonsa mustaan vaippaan kääri, hän puhui kahden mielin toimestaan, ei työtä ollut juuri suuren suurta, kuin muodon vuoks hän vetos järkeeni ja nauroi käärmettä ja synninjuurta, hän työnsi noitakirjan käteeni, ja neuvoi mustan opin temppuja. Ma kiitin neuvosta, vaan pyysin menemään, taas matkin menoja kuin toiset, ne naapurinsa silmää vartioi ja päässä kiehui mietteet monenmoiset; kuin Rooman katuja ma astelin ja akkunastaan katsoi vanha paavi, hän käsin viittoi, — minä heräsin, ja korvissani kilkkui rahahaavi. —

## VII

Kuin pientä murhe-ivanäytelmää ma katsoin varjopuoli-elämää, näin käden, joka kuvat piirsi, se määräs toiminnan ja keksi juonen ja näyttämöltä seinät siirsi. Ja elo oli suuri sairashuone, näin rumat syylät naamareiden alla, kun sairaat virskui verhon edustalla, ne peitti uhkamielin pelkoaan, ne halun hunajalla kyitään syötti, ne rakensivat kivilinnojaan ja kuvansa ne vaskeen lyötti, ne ryömi, rypi onkein onneaan, soi ympärillä tuskan ilopauhu, ne ohimennen nyökkyi tervehtäin, taas eri suuntiinsa ne sukelsi, ja yksin ollen tuli turman kauhu. Ne osti, möi, ne hyväili ja löi ja pitopukujaan ne vaihtoi, ne joukossakin kulki yksin ain ja viimepäiväänsä ne kaihtoi, ne maahan kylvi toiveen nisuaan ja tähkää katkeraa ne niitti, ne veivät vainajansa kalmistoon, taas lempilapsia ne suruun siitti. Ja mustain juovain teitä seurasin ja kaiken alla rumaa epäilin, näin ihmissilmässä vain eläimen, mi kiimaan käy tai surmaa torjuu, näin hopeoidut ristiveistokset ja nimipylväät, jotka hautaan horjuu, pääkallon näin ma takaa kasvojen, kuin liiman hajun oisin tuntenut... Ja maailma, tuo suuri herkkusuu vain hyppi hyllyilevin vatsoin, sen kuumeen oireita ma tarkastin ja iva suussa tieltä katsoin, ma ihmist' itsessäni vihasin ja muiden aivoissa ma multaa näin, miss' iti kalman taimi, tauti. Näin kadotuksen suuret varjonäyt, ma läpi mustan lasin tähystäin näin käden, joka kuvaa kuljetti, ma katsoin, katsoin, sekä nautin, näin siellä Luojan, haudankaivurin, mi hylättyään tyhjän taivaan käy mullistellen lelumaailmaansa ja sille hyvää salakuoppaa kaivaa.

Ma seisoin vuorella tähtiyössä ja kaupungista ma katsoin pois, siell' alla varjojen varjot kulki, ne tähtitarhoilta silmän sulki kuin maassa kaikkeus, — taivas ois. Ma katsoin sinistä korkeutta, näin taivaan vihreät keltarannat, näin lounaan pilvillä kultaa, verta; ma kuulin kolkkoa kohinaa, kun kuuhut kirjasi hopeoillaan yön alla lepäävää merta. Oi, meri, taivahan lapsi liet, sen tähdet kuvaat, sen värit kannat, sen siniavariin luhtihin sun raskaan rintasi ääni harhaa, sä tahdot astua taivaan rannat, kun voimas huumeessa läikyt, lemmit ja syvyyksissäsi sykkäilet. Sä sieltä lähdet kuin jalopeura ja syöksyt kaaressa kiljuen, ja valkovaahtinen hurja seura käy kupeen kuohuissa vyöryen, sa häntää piekset ja kahlees kalskaa ja mustin kynsin sä rantaa syöt, sä nouset pystyyn ja ilmaan lyöt, taas selkäs kulkee kuin vuoren harjut, taas pilven usvissa karjut, sä horjut, kaadut ja syöksyt päin ja harjaa huiskien, kimmeltäin taas syvyyksissäsi mylvit, sä uuvut, tyynnyt ja hiljaa käyt ja silmääs päilyvi taivaan näyt, oi, turhaan, turhaan sä vihaas kylvit, et pääse kahleista milloinkaan, taas kierrät piiriä pienen maan.

Mit' olen, mistä ma tullut oon, ma kysyn, turhaanko mietin, lien maasta matkalla aurinkoon ja kahleiss' sokean vietin? Vai oonko tähdestä kipenä, mi valon retkillä vaihtuu, tai oonko usvaa ja unta vaan, mi mustaan taustaan haihtuu, ja oonko aamusta kotoisin tai vilun vieraasta maasta, ma olen maailman matkamies, sen kieltä sentään en haasta? Kai elon hyvistä lahjoista näin pahaa, kieroa unta, näin polun, ylitse suon se vei, jääjäljet selvyyttä tuoneet ei, siell' oisko lopulta lunta. Jo usein unessa liitelin ma kaukorantojen kotimaata, ja mitä siellä ma salaa näin, en kielin kertoa saata. — Näin usein suuren ma soutajan, hän tieltä huutaa kuin hurtta, hän kultaporteilta karkoittaa ja unen ulapat sekoittaa ja meloo mustoa purtta. Ma herään äänihin elämän ja monta kuulen ma kovaa sanaa, ma kuulen kiroja korvissain, maan, taivaan alas ne manaa. Ma katson taivaiden kirkkautta ja arvoituksia turhaan luen, sielt' outo elämä silmiin siintää, siell' loistaa hohtavat avaruudet, siell' liekit sammuu ja syttyy uudet, siell' on kuin ikuisen seijas yö, siell' luja, parempi sydän lyö, siell' asuu Jumala armas, suuri, hän auringoiden on alkujuuri, hän kaikki itseensä kiintää. — — Pois mene tyhjyyden henki, pois, mi yli, ympäri luonain hiivit ja alas auringon asunnoilta mun raskaan siipeni sulat riivit, et niitä enään voi lokaan kastaa; käy eteen, rinta nyt rintaa vastaan, en tahdo enään sua totella, en tahdo enään sun orjas olla, ma tahdon onnesta otella, ma seison valossa kalliolla, ja paatta vasten sun polvin poljen kuin hauraan, ontelon oljen! Ma tahdon muistoskin musertaa, ma tahdon voimassa vaeltaa ja tahdon katsoa kaikki toisin kuin päivän poika ma oisin.


## VIII

Ma vuoteen oma olin, hourailin kuin kulkisin ma yössä Valpurin pois ristitarhan pohjoiskolkkaa päin; siell' ilveilijän ma kovin kumman näin:

Soittoniekka:

Ei taiteena saa soittoani kuulla,
 kun soitan vanhan varkaan sääriluulla,
 — ei "korvaa" ollut hällä, vastasukaan
hän tanssi pyövelinsä pillin mukaan; —
se inhimilliseltä kuuluu sentään,
sen tahtiin Kyöpelinkin noidat lentää,
ma tahdon säistää näitä käräjöitä,
muut tutkii tulokkaamme synnin töitä.
Juoskaa kaikki kauniit naiset
kuin ois meillä naittajaiset,
miehet näin
naisia päin
ylös kirkon viirihin,
alas kuuteen piirihin,
niksaa näin, naksaa noin,
nytkös vasta soittaa voin,
jotta luut ja kallot kolskaa,
täm' on vanhaa kuolinpolskaa!


Puolustaja:

Te tiedätte, on elämä kuin hiekka, tää mies ol' ennen suuri
taideniekka, hän kodillensa monen ilon toi, ja hovissakin
viimein lauluns soi.

Syyttäjä:

27

Ma myönnän, kodissa hän oli arka, kuin prinssin tähden hyöri äitiparka.

Puolustaja:

"Jumalalle" hän kerran almun antoi, taas toiste sairaan linnun kotiin kantoi, hän koulun läpi loistavasti kulki, sen opinherrat usein lausui julki.

Syyttäjä:

Hän silmää palveli, sai nimen kitsaan ja muiden selkään syyti mustaa vitsaa.

Puolustaja:

Hän laulu-innon tunsi, tuli taito, ja säkeet sousi puhtaina kuin maito, hän vältti turhaa veren huvitusta, ja puku hällä oli siivon musta. Hän kulki aina kuten tapa sääsi ja jaloin miesten hyvään seuraan pääsi, ei ollut tyly, hiukan turhantarkka ja vieras hälle oli viinisarkka, ei naista naurattanut pilan vuoksi, hän neuvotellen kulki tädin luoksi, hän istui usein yksin kammiossa, ja aatos harhaili vain auringossa, siks sinipuhdas oli laulu aina, hän syntyikin, jos muistan, sunnuntaina. Ei koskaan sävähtänyt mustaks sappi, hän oli aatteen hyvä ylipappi, hän jakoi lempeästi lahjojansa ja kiitollisna katsoi häneen kansa. Ei kultaa kumartanut vaikka säästi ja lauluja hän helokimpuin päästi, sai tähtiä ja kiitospalkinnoita, näin kunniassa astui kukkuloita. En tahdo turhaan mäntä tässä kiittää, hän oli mies...

Syyttäjä:

Ei, ei, jo riittää, riittää! On tietty kyllä miehen mielen laatu, ja laulun taito oli muilta saatu, ui runosuonensa kuin punaveessä, hän istui legendat ja kirjat eessä, niist' otti tuntosarvin tuolta, sieltä ja siihen sitte aina kukkaiskieltä ja omaa lallatusta yhteen liitti, nuo lapsipuolet maailmaan hän siitti. Kuin valon vartija pää kallellansa hän kultapuikoin näppi kanneltansa, siit' alkoi kumarrella sinne, tänne, jos milloin itä suosi, milloin länne, hän tunteillansa aina liehakoitsi ja suurten porstuoissa pokkuroitsi, kuin varas hämärissä näin hän viisti ja muilta leivän sekä innon riisti. Hän kulki kuin hän oisi leito lammas, vaan salaa kasvoi juorun torahammas, hän sillä monen puhtaan maineen murskas ja neuvoi hyvyyteen kuin tekohurskas, vaan kun ei näkemässä ollut muita, hän hiihti hämärässä kujansuita. Niin auliina hän aina kuiskain hyppi ja hiljaa hihitti ja partaa nyppi, hän toisten erheet hyvin käyttää tiesi, hän oli kaikkein suuntain sekamiesi, hän kulki niinkuin laupeuden sisko ja liukas oli niinkuin sisilisko, jos luotaan työnsi sen tai löi sen poikki, se yhteen luikersi ja ojaan loikki, taas sieltä kiertäin toisten joukkoon kurkki ja yön ja päivän tapahtumat urkki, hän oli naisten mies ja miesten hupsu ja hältä puuttui vaan se narrintupsu.

Soittoniekka:

Tää tuntuu epäinhimilliseltä,
nyt keltä totta kuulee, väärää keltä?
Kaks syytettyä täss' on, yks' on kaksi,
ei, juttu käy vain yhä harmaammaksi
ja ken se vihdoin riidan viulut maksaa?
Huh, vilu on ja tuskin seista jaksaa.
Heisaa, jalka vasten jalkaa,
nyt se huima lento alkaa,
miehet näin
naisia päin
ylös kirkon viirihin,
alas kuuteen piirihin,
niksaa näin, napsaa noin,
nytkös vasta soittaa voin,
jotta luut ja kallot kolskaa,
täm' on vanhaa kuolinpolskaa!


Puolustaja:

Seis! Puhe tuo on valhesyytös musta ja kaiken kauneuden rumennusta, jos ystävänsä todistaisi tässä, niin kiivas syyttäjä ois pälkähässä, vaan sairaana hän nukkuu alla nurmen ja sydämmestään vielä vuotaa hurme. Hän oli holhottini veli parhain, se liitto solmittiin jo lasna varhain, kun leikkivät he kilvan kuninkaita ja kummallakin oli alamaita. Hän taideniekka oli köyhä, kurja ja silmissänsä oli välke hurja, hän joi, — se sanottakoon ohimennen — ja kuninkaat nuo hyvät veikot ennen nyt harhailivat kukin eri teitä. Hän tahtoi soittaa soidinsäveleitä ja lauloi tulta, tuhkaa, kapinoita, hän kävi sotaa vasten mahtajoita ja ilkkui itseään ja omaa maataan, hän tahtoi palatsit ja linnat kaataa, hän kansaa villitsi ja muita potki, näin vanhat, hyvät tavat lokaan sotki. Hän uhmallansa itsensäkin suisti ja yhä syvemmälle soraan luisti, hän hylkäs hyvyytensä sekä taivaan ja vaipui valon teiltä yöhön, vaivaan. Tuon holhottini otti hoitohonsa ja puhdisti myös karun kantelonsa, hän vei sen taiteen herkkään kultavaakaan ja hioi voimaa hiukan luonnonraakaa, hän iski runosuonta, tukki vuodon, näin kaikelle hän antoi uuden muodon. Hän korjas vilun tieltä lämpösuojaan ja neuvoi rukoilemaan taivaan suojaa, hän leipää antoi sekä vaatteet osti ja hienoon seuraan hänet luokseen nosti, hän miestä kuljetti ja käsin kantoi ja kaikkialla hälle arvon antoi. Vaan hyväntekijäänsä mies jo kaihtoi, ties miksi verkansa taas sarkaan vaihtoi ja kulki entisillä julkiteillään viel' ihmetyttäin salasäveleillään. Ken omaa tietään kulkee, se myös lankee, kuin laululintu nukahti hän hankeen.

Ja ystävä se itki haudallansa kuin enkeli ja soitti kanneltansa, hän puhui kyyhkystä, mi maasta lähti ja lensi sinne, mistä iltatähti luo valjun katseen kurjaa maata kohden, — vain jäljell' oli aatteittensa hohde, ne kirkkain

siipisadoin alas sousi, kun aurinkoihin vain hän nousi, nousi.
— — Myös avustaan hän puhui hiukan verran: "vaan olkoon
kunnia vain taivaan Herran".

Syyttäjä:

Kun piru enkelinä itkee missä, on ilo suuri silloin
helvetissä. Tuo näyttelijä temppujansa taisi ja tiesi, mitä
rahvas paukuttaisi, hän suurin liikkein työnsi tyhjän sanan,
kun pahatunto hääri kuiskaajana. Nyt kuulkoon Kalman
suuri lautakunta: mies, joka haudassaan vaan tahtoo unta ja
jota äsken herjailtiin niin julki, jo eläissänsä varjon lailla
kulki. — Hän tahtoi kaiken kieron, väärän poistaa ja tahtoi,
että totuus vain sais loistaa, maan madollekkaan ei hän
pahaa suonut. Ja Luoja oli hälle lahjat luonut ja otsaan tuhat
neron kipenöitä, ne lensi kauvas läpi Manan öitä. — Hän
penkoi kiviä ja laihaa multaa ja katso, päivän valoon nosti
kultaa, vaan katinkullaksi se luultiin vielä, sai käydä
tuntemattomien tiellä; hän synkän suuri oli sanaa vailla, mi
sytyttäis, kun pimeyden mailla hän yksin kantoi suurta
salaisuutta ja etsi porraspuutaan, uraa uutta. Hän liian usein
tiellään pilkkaa kuuli: "kas tuo se kultaa löytävänsä luuli,
hahhaa, kas kuinka rikkaan ryysyt roikkuu, kai
salakaivoksilleen taas hän koikkuu; hoi, viisas mies, miss' on
se kivi kirkas, et vastaa, houkko, huono lie sun virkas! Mies
tuskin itse hulluutensa tiennee ja pilvilinnoissa sen kulta
lienee, hei, kuuseen kurota ja nouse puuhun ja lennä yökön

siivin vanhaan kuuhun, mies kuussa tervapaitahan sun
käärii, jos tiell' ei sitä ennen taitu sääri!" Niin kuin hän, ja
niinkuin myrkkysienet nous etehensä nahkasielut pienet,
hän hytkyi vilussa ja kättä väänsi ja pimeyteen kasvonsa hän
käänsi, ei voinut ristiänsä loppuun kantaa ja sortui yöhön
sekä mieronrantaan. Nyt tuli "ystävä" kuin kiusan henki, vei
säälillänsä voiman viimeisenki ja otti hänet niinkuin
armohonsa ja muutti huvinieluks kantelonsa, hän siihen
viritteli vieraat soinnut, vaan sydänääntä ei hän riistää
voinut. Maa-alan vei hän sekä ilman vapaan ja muokkaeli
vanhaan seuratapaan, mies peittää sai nyt suoran luonteen
uhmaa ja vaipua sai pieneen sekä tuhmaan ja tunsi kuinka
kahleet jäytää niskaa, kun rikkaat armostansa palan viskaa,
nyt vasta tunsi hän sen suurten tiellä kuin katkeraa on toisen
leipää niellä, hän itsellensä yksinollen kosti —, ja toinen
suurikiitoisia osti. Kuin kantanut ois hyvän teon iestä nyt
syytettymme kuljetteli miestä, kuin ois hän koputellut
vahvaa rintaa ja selvitellyt saaliin loppuhintaa; sai
katsomahan sitä hieno seura kuin ois se markkinoilla
ihmepeura. Kuin ois hän antelias, suuri, ylväs ja toisen torvi
sekä tukipylväs, hän antoi hälle muka uudet aatteet, kun
puki ylleen vanhat pitovaatteet. Hän antoi hälle Juudaan
syleilyitä ja salaa kantoi kateuden kyitä, hän valekyynelillä
silmää vetti, näin itseään ja ystäväänsä petti. Hän päivä
päivält' tunki lähemmälle ja kaiken turhuudesta puhui hälle,
hän repi haaveita ja maalas mustaan ja salas aina

sivutarkoitustaan. Hän istui niinkuin kullanahne saita, kun ystävä taas liiti hengen maita ja jännitteli suurta siivenjousta ja alkoi taasen päivänpiiriin nousta ja kauvas aarreaittoihinsa johti, miss' suuren sielun hengen helmet hohti, ja näytti maailmansa, uran uuden ja ilmaisi sen suuren salaisuuden... Näin syytetty sai sadon hyvin runsaan, hän näpisti ja kätki arkkuhunsa, öin kammioon hän itsensä nyt sulki ja paperilla hanhen sulka kulki. Hän vihdoin levon itsellensä myönsi, taas yöhön köyhän ystävänsä työnsi. Mies yksin nukkui tähtitaivaan alla ja sydämmeensä hiipi Tuonen halla, ei siitä noussut kultakuiskehilla, hän liiti Manan mailla avarilla. Ja syytetty se koikkui haudallansa kuin korppi huutain sala-ilojansa. — Sen jälkeen sai hän suuren taidon vasta, ja satoi säkeitä kuin taivahasta, kun kammiossa niinkuin itse synti nyt vainaan runovarsoilla hän kynti, hän arkustansa tuhlas kaikkialle, ja lehdet lensi kauvas maailmalle, ja tuli kansaa maita, mantereita, toi kultaa kuninkaat ja laakereita; hän pöyhistyi kuin ois hän majesteetti ja tuhmuudelleen vielä kruunun teetti, ne huusi hänet hengen kuninkaakseen, hän huusi laulun laaksot alusmaakseen ja keskell' loiston, maineen, helyriimein hän vihdoin viisastui, kun kuoli viimein. Hän hautaan vietiin nelivaljakoilla, hän lepäs ruusuilla ja kanteloilla ja kirjaellun hautakiven luona viel' ulvoo koirat sekä rahvaan kuona. Hän tänne tuli yöllä alastonna, haa, katsokaa, noin kalpenee vain konna!

Puolustaja:

Oi, herää haudassasi henki suuri ja nouse, kerro kaikki perin juurin!

Henki (kauhasta):

Ma unta elämästä näen vain, ma pyydän rauhaa, rauhaa, jota hain!

Puolustaja:

Ma asiassa lykkäystä vaadin, ens' istuntohon valituksen laadin.

Syytetty:

Oi, armoa, ma tahdon tunnustaa!

Soittoniekka:

Jo tornin kukko kiekuu. Kadotkaa!
 Minä hoppu, sinä hoppu,
 se on kaiken laulun loppu,
 miehet näin
 naisia päin
 ylös kukon viirihin,
 alas kuuteen piirihin,
 niksaa näin, naksaa noin,
 nytkös vasta soittaa voin,

jotta luut ja kallot kolskaa,
täm' on vanhaa kuolinpolskaa!


## IX

Kevät saatossa ratsasti kaupunkiin, ja airut porteilla toitotti niin, että lämpeni vanhat seinät, kevät, kevät tuli taas, meri siintäen soi, suven rannoilta haahdet viestejä toi, suli silmut ja heräsi heinät. Yli tornien pääskyset kiitivät pois kuin riemun huumeessa kaikki ne ois, kotipuilleen ja suuriin metsiin. Tuli pohjan puolelta taiturit taas, tuli rammat kainalosauvoineen, joit' talvi ja taudit hankehen kaas, tuli tervehet teerenpilkkuineen, tuli toivorikkahat huiluineen, jotka uusia riemuja etsii. Kevät, kevät tuli mullekin muistoineen, join lähteestä täysin kourin, elon lähteestä rautaista rohtoa join, kuin sairashuoneesta hiivin ma pois, missä talven kuumeessa hourin. Minä näin, miten puut ketovihreiksi sai, ja mielessä väikkyi helluntai, maa synnytystuskia kantoi, madot, toukat ne ryömivät päivää päin, lehon linnut ne kiistasi lehvillään, veron kaikki ne Luojalle antoi. Ja Luoja se oli kuin tarhuri, hän yrttejä höysti ja hoiti, hän karsi ja kylvi ja muokkaili, mesinesteillä haavoja voiti. Meren, taivaan ja maan minä lemmessä näin ja ma kuljin päivän kumpuja päin surusilmin ja hilpehin huulin;

uus maailma heijasti haluineen, suli rintani riemuhun lämpöiseen, kun naisen naurun ma kuulin, — se soi kuin kirvisen laulu soi, kun hanget sulana soutaa, kun valjeta alkaa synkeä yö, ja päivä se kutoo poutaa.

Ja neidot asteli kaivon luo ja varret vetreät liikkui, läikkyi, siell' usein naisen ma nuoren näin, kuin siniudusta silmä väikkyi, hän katsoi maahan kuin etsijä, kuin yli kasvojen hyväillen hän katseen hiipiä salaa antoi; kuin hiljan itkenyt yksin ois hän katsoi kaihoten pois ja tietä kulki niin hiljalleen ja saviruukkuaan kantoi. — Ja kerran illalla lempeällä ma käden hiipien käteen vein ja hiljaa nostin sen huulillein, ma siirsin silmiltä hienot hiukset, kuin metsän hämärään katselin, miss' soiluu rimpien sinisaaret ja veeltä kuvastuu taivaan kaaret kun päivä puhkevi pilvistään, kun auer aholla karkeloi ja jossain kaukana koski soi. "Et impi ihana surra saa, kas päivä paistaa ja kevät koittaa, ja kaunis, kaunis on Luojan maa; voi, saanko syömmes nuoren voittaa, oot mulle rakas, ma yksin jäin, ma usein silmäsi surun näin, ja istu varjohon vaahteran, niin kerron sulle ma tarinan: Ol' ennen vuoressa velho suuri ja sillä Taaria, tytär nuori, se velho ihmisten verta joi ja vuori tuo oli kammon vuori. Ja laaksoon Taaria hiipi öin, kuin impi eksyvä itki hän, niin huomas kerran hän paimenen ja taikahuilulla soittaen hän pojan tenholla täytti; hän kammon vuorehen hänet vei ja porttiin vitsalla hiljaa löi, ja katso, kristallisalit loisti ja seinät helmissä säkenöi, hän sala-aittojen aarteet näytti ja sanoi:

kaikki ne on nyt sun ja sinä olet nyt mun! Se paimen kullassa käydä sai, hän illoin Taarian syliin syöksyi, ja lammaskarjansa unohtain hän kammon vuorehen yöksyi. Öin häitä hurjia viettäen hän kaikki hekuman ilot maistoi, vaan kaikki ilkkuen katosi, kun vuoren raosta päivä paistoi; nyt verta vuotaen jaloistaan hän kulki kammoten seinää pitkin, hän huusi hulluna karjojaan ja kaiku vuoressa itki. — Ja ole sinä mun Taariain, mun hyvä, valkea Taariain, mun valkoruusuni, ruusu mun, sä sydänaarteesi mulle näytä ja tyhjä rintani toivein täytä, ma suruss', onnessa olen sun, ja kammon vuoria välttäin ain me rauhan laaksoja käymme vain!" Ja silmät silmissä lepäili ja hymyellen ne hyväili, näin niissä lempeän leimun, hän otti kädestä kuiskaten ja läpi kujien kulkien hän majaan matalaan vei mun. Hän neitsytkammioon saattoi mun, miss' uudin hämyssä häilyi, ja siskat häkissä sirkutti, ja kuvat seinillä päilyi: näin lapsi sylissä Maarian, näin idäntietäjät, aasinsoimen, näin harpuin soittavan Daavidin, Saul istui kullalla loimen. — Ja puolatuolissa vanhassa siell' mummo sokea kiikkui, hän kiikkui tylsissä muistoissaan ja kellon heiluri liikkui. — Taas lemmen juhlia viettää sain ja tunteen tulta ma liehdoin, taas suonet paloi ja rinta löi, ma käden varrelle kiehdoin, ma kuiskin korvihin ruusuisiin, naissielun soppihin hiivin ja hetket kiiti ja aika lens pois illan punaisin siivin: "mun suvipääskyni ainoinen, mun oma ruusuni valkoinen, ma tahdon ystävät unhoittaa, vain sua tahdon ma rakastaa, ma vaihtaa tahtoisin kaiken maan sun huultes iloon ja hekumaan, vaan sulle aarteit' en antaa voi, en helmisolkia joutsenkaulaan, vain kukkiin hiuksesi palmikoin ja jalkais juurella leväten ma tahdon sinusta laulaa niin, että nimesi lentää voi ja maineen siivillä kauvas soi; ma annan sulle mun kanteleeni, ei muuta aarretta ole mulla ja silmiis katsoa tahdon vaan, on silmät ihanat sulla". — Ja yössä soutain me kuunneltiin, kun sammui kaupungin humu pois, kun äänet, askeleet kauvas haipui, ja tornit, taitteiset harjat, puut ne hienoon hämärään vaipui, vain haavat helisti lehtiään ja käet metsästä kaukaa kukkui, pää siiviss' sirkatkin uneksi, myös mummo tuolissa nukkui.

Ja kului suvi suloinen kuin pääskyn viserryksin ja korvissani soitto soi, se soi kun kahden kujersin tai kulkiessa yksin. Ma sokkeloissa harhailin, en käynyt ystävissä, ma loistoteitä välttelin, vain luona pienten hökkelein ma kiersin kujapolkuja syysillan hämärissä. Ma ilkuin tuulen ulvontaa ja astuin raikkahasti, kun vilu viilsi rintaani, ja sankka sade kasti, ma aatoksistain lämpenin, ma hämärissä hyräilin: "Nyt armas seisoo ovellaan ja kukat loistaa povellaan ja tulet akkunastaan, hän katsoo tietä pitkin pois kuin askeleita kuulla vois, hän juoksisi jo vastaan. Taas majassaan hän askaroi ja pöydän pölyt poistaa ja sanojani sadottain hän tarinoiden toistaa, hän katsoo milloin kelloa ja kallella on pää, hän milloin peiliin kurkistaa ja hiukan hymähtää. Hän liikkuu niinkuin keijunen ja sukkasilla sippaa, hän suutelevi ruusujaan ja sulkee kirjelippaan, hän puhuu laululinnuilleen ja siemeniä antaa, hän laulujani hyräilee ja kuvaani hän kantaa. Hän sateen ääntä kuuntelee ja lampun syöntä nostaa, ja odotus niin autuas se loistaa katsannostaan, nyt kuuli hän mun tulevan ja silmät lyö ja säihkyy, hän kyykistyvi oven taa ja poven aallot läikkyy, hän uutimista kurkistaa ja rintaa vasten lentää, hän tuhertaa ja kuiskuttaa: sä tulit, tulit sentään!"


# X

Ma muistan vielä himmeen puolikuun, kun juoksimme me merenrantaan, kun aallot myllerteli möljällä, ne pieksi soraa sekä santaa, puin nyrkkiä ma myrskyn raivolle, ma muistan kuinka solkes helkkyi, lens tiirat kirahdellen luodoiltaan, ja majakasta heittosäteet välkkyi. Toin sulle punertavan simpukan ja sitten kalliolla istuttiin: "kas meri musta on ja mieluinen, niin koleasti karit ruskaa, nyt pahat henget pääsi kahleistaan ja niill' on tuhansittain tuskaa, ne kiipee pursihin ja mastoihin, ne tielle särkkiänsä nostaa, ne hirviöt nyt ovat vimmoissaan, ne laivureille vanhan pilkan kostaa, ja merenpohjan haaksirikkoiset taas herää, jaalat, laivat hukkuu, ja merimiesten vaimot vaikertaa, ei pienet kehtolapset unta saa, ja hyvät haltiat ne nukkuu. Öin vettä pitkä, musta varjo käy, kun aavelaiva esiin hyökkää pois ohi kelmeen merenkulkijan, mies punaviitta peräpuulta nyökkää, kuun valossa hän hetken heijastaa ja tuokiossa yöhön katoaa. Lyö silloin salama kuin säilänpää ja välähtävi suuntaan kuuteen, kuin mäyrä ruumassa se tuurastaa, kuin orava se mastoon kiepsahtaa ja katoo synkkään avaruuteen, ja pilvet aavehina kokoontuu ja taivas pallosilla paukkuu, pois sammuu majakasta valkeat, veen koirat karikoilla haukkuu. — — — Oi, katso länteen päin tuon pilven taa, maa merentakainen on siellä, siell' inehmot niin liedon valkeat maan mustaan nisuansa kylvää, se maa on muistojensa vanha maa, siell' luetahan kivilaatoilla työt isäin päässä riimupylvään. Se maa on seikkailujen suuri maa, siell' on mun heimopuuni juuri, sielt' idän merelle mun taattoin sous, nyt hajalla on suku suuri, hän näille kallioille kerran nous ja huoneen hirret pohjan puoleen nosti, kuin vieras vaeltaja tuli hän, maan valan teki, tilkun osti, hän täällä tahtoi raataa, rakentaa, maan surut sekä riemut jakaa; ma täällä synnyin kanssa kesä-aamun, hän täällä nurmen alla makaa. Ja sentään vieras mulle on se maa, sen hengess', ilmassa en elää saata, ja kahta rantaa aatos harhailee, kaks mulle luotiin kotimaata, ma ristiriitain lempilapsi lien, ma kahden rajakunnan kieltä haastan, ma katson koko laajaa maailmaa, mut sydän laulaa synnyinmaasta, miss' itkin lasna sekä leikin löin ja kuulin illoin kummaa tarun taikaa, miss' sieluuni sain korven kohina ja missä surun kannel kaikaa. Ja sinne, sinne minä ikävöin, miss' oranssit ja palmut kukkii ja neitoin mustat silmät säteilee ja omaa tietään syöksyy lempi, miss' soipi kitarat ja palaa katse, kun liikkuu kuutamolla gondolit ja sykkii sydän tulisempi...

— — Äl' itke tyttö, sydämmeen se käy, oi, katsos pilvill' on jo verta, pois siirtyy sinusta mun silmäni, ma rakastan vain suurta, aavaa merta, en voi, en voi sun silmiis tuijottaa, et tunne tuskieni syitä, nyt kaukana ma kuljen sinusta, ja vaikka tuhlaat mulle hyväilyitä, mua suutele, oi tyttö, suutele, on veto viekas näissä lakkapäissä, ah, kuule ulapalta kelloja, nyt olkaamme kuin etelässä, häissä...! Pois, mene pois, sun kätes polttaa mua, sun kuilun kallioihin heitän, ei, ei, oot sydämmeni puoliso, sun valkoruusuihin ma peitän, on meri äitini, on isäs kallio, veen suolapisarat ne otsaan sinkuu, kas, ylhäällä jo pilvet piiriin käy, hääharput myrskyn alla vinkuu!"

Ja varjo tuli kuin varas yöllä, kun ootin kultaista sarastusta, kun istuin kannella kuunnellen ja tunsin iloista aavistusta. Hän lukot tiiralla aukasi ja siirsi ovelta vahvan salvan ja vuoteen taakse hän tassutti kuin iskuun nostaisi kalvan:

"Ma tulen taas kuin vieras kutsumaton, kun mielesi hilpeä on, ja voimasi lemmessä viihtyy, se oon, joka maljasi kaas, kun naistasi naurattain sun laulusi lentää ja kiihtyy. Ma tulen, kun tanssi tulinen käy ja helliä kieliä kosket, ma tulen kuin viima viluinen, kun innosta polttaa posket, ma tilkkasi loppuun juon, ma Tuonen tuoksun tuon, kun päivä sun silmäsi kohtaa, ma sädettä kiertäen käyn, ma sekoitan kauneimman näyn, mun löydät, kun vallan vastaista hait, ma olen sun varjosi henki vait. — Etkö näe, että kaikki on turhaa, että kaikki muuttuu ja maatuu, kas tähdet sammuu ja kuluu kuu ja palaa lehti ja lahoo puu ja elo itsensä murhaa. Ja kuule kumeaa kohinaa, on ylläsi maa ja allasi maa ja haudalla ristisi kaatuu ja tulee yö, kun sydän ei lyö, ja kaikki on lunta ja syvää unta, nyt tule, ma käteni tarjoon, ma vien sinut varjosi varjoon!"

Ma syöksyin kadulle avopäin, vaan varas asteli jalan jälkeen, näin kaukaa akkunatulen välkkeen, ma hiivin siniseen kammioon, se seisoi akkunan alla taas ja majaan tahtoi se tulla. "Hei, nouse, tanssia tahdon nyt, lie säästöss' iloa sulla, ma tahdon juoda sun ilos pois, nyt ollos suuri ja ollos sorja niin, ettei suru mua saada vois, sen tahdon patjoihin kuristaa, se piillen nurkkia pitkin pyyhkii, nyt laula viehkeä, kaunis orja ja soita kuherruskanneltas, voi, miksi kantelon kielet nyyhkii? E! Onnen arpaa me heittäkäämme, ken voittaa, onnensa saavuttaa ja kultakruunussa vaeltaa, ken hukkaa, kohtalo kaataa sen ja kulkee hautaansa horjuen, nyt heitä, kohta sen näämme! Ma maljas juon ja ma onneks juon, taas aika armaana vierii, luunopat hyrräten hyppelee ja vuoteen poimuihin kierii... Nyt käsi silmille, hiljaa, hys, sun ensin arvata annan, kas niin, sen kohtalon aavistin, nyt syliss' sua minä kannan, nyt sulla onnen on kultakruunu ja multa vielä sa sauvan saat. Oi, auta, auta, ma vaivun jo, ma polvin seison jo surun suossa; oi, mikset ovea telkkinyt, kas, suru katsoo ja seisoo tuossa, se nostaa vasenta kättään jo ja palaa punainen soihtu, sen suusta kirous kimmahtaa ja mustain mahtien loihtu! — niin hyvä, hyvä sä mulle oot, tuo päähän puhdasta lunta, ma silmäis sinessä päilyn taas, kai näin ma sairasta unta, sä oot kuin sisko ja morsian, mun sisko sirkkuni, rukka! Ei, ei, taas silmies liekit nään, sä oot kuin tulinen kukka; oot muille mairea, tiedän sen, oon sua seurannut väijyillen, et lunta tuo, sinä tulta tuot ja kaikkein eessä sä keimaat, sä silmän lumeiksi koreilet ja sieluun hehkusi tahrat leimaat. Sä olet Taaria, velhon impi, sä hiivit rauhani laaksohon, oon syönyt juopukanmarjoja ja kuullut äänesi kiusausta, ma outo, onneton paimen oon, nyt huudan vuoressa karjoja, en koskaan astu ma aurinkoon, ma käärmevuoteilla olen maannut, oon kanssas nauttinut kaikki synnit, ma rikoin tuhlaten luonnon lait, nyt rankaisun olen saanut. Ma myrkkyherkkujas armastin, kun toista itkin ja kaipailin, kuin hullu suutelet vielä mua, nyt huudan julki: en lemmi sua, en sulle kaikkea antaa voi, ja maassa sielusi mataa, et kanssain sointua, nousta voi, et käydä, loistossa linnunrataa, ja yhtä, sitä ma lemmin vaan, mi täyttää vois minut kokonaan, hän oisi elämä kirkas, uus ja hetki, yksi ja ikuisuus. Pois, mene pois, olen onneton, ken on mun osani, myöty on, ken kanssain suruni jakaa tahtoo, se suistuu

elämän erheisiin ja hurjan pyörtänön ristivahtoon, se rannan
kiveksi jäädä voisi, tai aalto kuolleena toisi!"


# XI

Hoi, juomanlaskija, vikkelä mies, tulivettä nyt kaada
tuoppiin, unipöppö sä oot, kai valvoa saat, kuka kaivoi
poskesi kuoppiin! Täällä nauraa nurkat ja seinät soi, kuin
kappeli on tämä krouvi, tänne kannujen kalina kutsunut on
monen soittajan, teinin ja souvin, sun tukkasi on
tulipunainen, ja luokkana viistävi sääri, paholainen itse sun
kummisi lie, jos vain en muistele väärin. Kun mennyt on
kontu ja kunto ja muu ja kiehuu katkera sappi, sinä lohdun
öljyä haavoille tuot ja käyt kuni säyseä pappi, ja riemun
rippiä luet sinä vaan ja Remujen mahtiin luotat. Sun
seurakuntasi kirjava on, sen lampaat ja vuohet sa juotat,
sinä huumeen höyryjä suosittelet ja keinoa kaikenlaista, kun
rauha ja rakkaus sammunut on, sinä saarnaat: naura ja
maista! Sinä mulle kahdesti kaataa saat, sillä äsken ne
minussa kuoli, sido viininlehviä otsaani, noin, minä
leikkisän kaskun kertoa voin, vaan totta on toinen puoli. Ma
kaivolla kerran neitosen näin, ma silloin järjestä luovuin,
hän kantoi sinistä ruukkuaan ja siitä ma join sekä juovuin,
sinä naurat, vettä kun mainitaan, et kaskun kärkeä huomaa,
minä liian kauniiksi neidon näin, minä join kai noidan

juomaa. Hän vei minut punaista liekkiä päin läpi yön yhä kauvemmaksi kuin enkeli puhtahan valkoinen ja häll' oli naamaa kaksi, sudenkuoppaan mairien vei hän mun, sinikammioks luulin sen silloin, — hän huumasi pääni ja silmäni kääns, siell' lempeä lietsoimme illoin. Koiruohot ruusuilta näyttää siell' ja paarmat lintuina laulaa, rivosilmäinen akka se kehrää öin ja punoo kaunista paulaa, ja tytär on keimeä, kiihkeä, nääs, moni sinne on suistunut varmaan, nyt sinne mun muistoni kuopattu on, hän löysi jo uuden armaan. Ne rämpytti siellä mun kanneltain, — tuo, veikkoni, vieläkin tilkka! — ne hoilotti lemmenlauluja mun ja äänessä pisteli pilkka, ja hyljätty kannel itkua soi, kun tahraiset sormet soitti, sen huomenlahjana annoin pois, se hävystä itki ja moitti. Ja akkunan alta ma hiivin pois, sen ääntä en kuulla voinut, se kannel on kanssani iloinnut ja tuskien tullessa soinut. Tuo myrkkyäs tuo... taas kuulen sen —, nyt öisihin juhlihin lähden, olen pettynyt aina ja — pettänyt myös; juon naikkosi lempijän tähden, ja kiitä onneas, vikkelä mies, jos et huomenna aisaa kantaa saa, toi hempu ei työnnä luotaan; mit' on rakkaus? — savinen astia vain joka kyynelhurmetta vuotaa. Kas näin, minä sarkkani pirstoiksi lyön ja kerälle kaskuni väännän, on matkani pitkä ja musta on yö, taas tielle ma sauvani käännän.

Ylt' ympärillä näin valkeat ja valomeressä tornit uivat, ja kuului virralta iltalaulut, veen rajaan palatsit kuvastuivat, ja riemu kajahti kaikkialla ja tunteen sähkö se ilmaa sous, se leimui peitetyn kiihkon alla, se käski, pyysi, se laski, nous, ja ruusun, viinin ja myrtin tuoksut ne tulvi vastaani akkunoista, ja kaukaa morsiuslamput loisti, mun tähtein ykskään ei loista. Toi ilo silmissä sulhot öljyn ja lamppuun morsiot kaatoi sen ja yli liekin ne kättä antoi, ne vannoi valansa vaijeten. Kuin kerjäläinen ma katein silmin pois hiivin alitse akkunain, ja koston kuohuissa povi kiehui, ja paloi kirous suonissain. Ei ole öljyä enään mulla, en sauvoin puhkaista vuorta voi, kuin puro nesteen kuiviin juoksi, ja viime karpalon helle joi. Ma sitä tuhlasin sadat kerrat ja joka kerralla monet verrat, min verran sain minä onnea? Sen verran, mikä on kaikua, sen verran vain, mitä kuiva maa, kun pienen pisaran janoon saa, sen verran vain, mitä nälkäinen, kun saa se rikkaatta muruisen, sen verran vain, mitä varjon puu, mi harhasäteestä kirkastuu. Ei jaksa silmäni enään pyytää, nyt kylmyys hiipii ja tunteet hyytää, ja kuolo veistää jo neljää lautaa, jääkausi alkaa, ei päivää näy, ja yli sydämmen vyöry käy ja lumivuorihin kaikki hautaa. Oi, jospa saisin ma tulikeihään, niin öljyvuoren ma halkoisin ja sydänsuonihin uutta voimaa ma vielä janoten johtaisin! Ei, ei, se unta on kerjäläisen, ei ole öljyä enään mulla, jos tilkka oiskin, ei morsioista nyt lampuin tahtoisi kukaan tulla.

* * *

Ylt' ympärillä näin valkeat, — ja oli autuas lemmen aatto, ma tyhjää katua taivalsin, ja askel kajahti seinihin. Näin kaukaa lamppujen heiluvan, sielt' tuli iloinen, nuori saatto, näin eellä kulkevat viestinviejät, ja kilvan pärisi vaskirummut, ja ilma värjyi ja vonkui maa, kun kertoi kaikuja lehtokummut, sai pilataiturit nukkeineen, soi pipolakkien tiuvun ilve, näin suurimestarit miekkoineen, ne nosti ilmoihin lemmen kilven. Mut saaton keskellä leijaillen sous kukkaistuolissa Lemmetär, ja kruunu kimmelsi otsallaan, hän kaatoi runsaussarvestaan; ken kulki purppuravaatteissa tai lemmenvärejä vyössään kantoi, hän sille armahat almut toi, toi uskon, toiveiden kukkia ja onnen oksasta lehden antoi. Ja nuorukaiset ja neitsyeet ne tiellä tanssivat lamppuineen ja ruusuvettänsä pirskoitellen ne kaikki astuivat armaineen. Näin valevalkean Taarian, hän julkikatseita taakseen heitti, hän miehen vierellä virnakoi ja rintaa ruusuinen harso peitti; mun korvaan käheä nauru soi, ma mustain aatosten tulvaa torjuin, kuin yli hautojen hapuilin ja virran reunalle yössä horjuin.


## XII

Ma seisoin sillalla yksin yössä ja alas tuijotin tummaan vuohon; siell' ohi limaisen ahvenruohon veen laineet mustina kyinä ui, soi raidat rannalla surujaan, ja aallot itkivät liplatellen, ja mieli kuohuihin kotiintui, mua ulvut kutsuivat unen helmaan, kuin käsivarsia ojennellen ne välkkyi vietellen hetovöin ja sinne pois minä ikävöin.

Ulvut:

Alas, alas,
syöksy ja suista,
muista valas,
murheesi muista,
loppuu tuska ja loppuu tie,
virta sun vie
alatse aarniometsien,
ulpuista uraa etsien
suojahan näkinkenkäisen linnan,
siellä syvät on unen rimmet,
Tuonen immet
rauhoittavat ihmisrinnan,
kutsuvat näin,
syöksy päin,
luoksemme luista,
muista
valas,
alas!


Ja poreet puhkesi, virta kuohui, nous kurimuksesta veteinen ja sormin suomuisin arkun alta se soitti, puhalsi ruokopilliin, se loihti sieluni näkyihin ja leikkiin rumaan ja villiin.

Veteitten:

On meren pohjalla musta kaivo, ei sitä mitattu milloinkaan, ei sieltä loppunut rutsain raivo, siell' itsepillaajat voihkii vaan, ne sinne syöksyy ja sinne nääntyy, ne mudan mujuihin vyöryy, vääntyy, ne niljaseinihin lyö ja lyö, ja syttä synkempi siell' on yö. Hei, raiju hauskasti ruokopilli, kun viima kaislassa vinkuu!

Sen kaivon suulla yöss' yksin miettii suur' itse ruhtinas rumuuden, hän rinnat lietsovi vanhaan viettiin kyyn silmin vihrehin väijyen, ja pohjaan päilyvi otsaluunsa, hän sinne laskevi porraspuunsa, se hiljaa pyörii ja lipuu luo, se kaivoon tuskaisen toivon tuo. Hei, raiju hauskasti ruokopilli, kun viima kaislassa vinkuu!

Ja porraspuulle nyt vainaat hyökkää, ne toinen toisensa alleen lyö, ne kiskoo, kiipee, ne lankee, työkkää, ne hampain iskee ja kynsin syö, ja äidit nousevat lasten niskaan, ja veli veljensä mutaan viskaa, ne yössä kimmovat kimmoissaan, ne alas suistuvat uudestaan. Hei, raiju hauskasti ruokopilli, kun viima kaislassa vinkuu!

Ja ajan virrassa vuodet vierii, mut meren pohjalta voihke soi, ne ylös kömpii ja alas kierii, ne kauhun kahleissa kiemuroi. On meren pohjalla musta kaivo, ei sieltä loppunut rutsain raivo, ne elää elonsa uudestaan, ei tuskaa mitata milloinkaan. Hei, raiju hauskasti ruokopilli, kun viima kaislassa vinkuu!

Rannan raita:

Muistatko vielä sen himmeän aamun, kun rannalla suhisi raita, lempeä Aunesi lehdossa kulki ja katseli maireita maita, katsoi kuin katsovi lilja vain, sua hän muisteli, muisteli ain. Muistatko vielä sen päilyvän päivän, kun morsiusmyrtin sa annoit, kuinka hän kainona onnesta loisti, kun lehdossa lempesi vannoit, loisti kuin loistavi lilja vain, sua hän muisteli, muisteli ain.

Muistatko vielä sen riutuvan illan, kun veistit sä raidasta sauvas, kuinka sun armas Aunesi itki, kun sanoit käyväsi kauvas, itki kuin itkevi lilja vain, sua hän muisteli, muisteli ain.

Aune se äitisi haudalla istui ja kasteli yöllä kukkaas, sortui suruun ja ikäväänsä, voi, armasta Aune rukkaas, sortui kuin sortuvi lilja vain, sua hän muisteli, muisteli ain.

Ulvut:

Alas, alas,
 täällä on rauha,
 muista valas!

Lempeä, lauha
täällä on päivä ja viileä yö,
luotasi lyö
valheet ja vaivat lukkohon luoden;
vaahtinen vuode
unhoa tuo,
syöksy luo,
luoksemme luista,
muista
valas,
alas!


Huoneen haltia:

Hakkaa, hakkaa
puita jo takkaan,
huurteinen huoneesi vilussa on,
metsäsi nukkuu,
voimasi rukkuu,
luonto on puhdas ja koskematon!
Turpeita käännä,
kantoja väännä,
kynnä ja kylvä ja kuokalla lyö,
voimasi kerää,
metsäsi herää,
elo on voima ja voima on työ,

veri on nuori,
nouse kuin vuori
ylitse yön sekä syvyyden,
maa-emo kantaa,
maa-emo antaa
uusia sointuja nuoruuden!
Hakkaa, hakkaa
puita jo takkaan,
kuistille pääskyt jo pesihin saa,
höyryy jo hirret,
sulaa jo kirret,
armas on aurinko, vihreä maa!


Ääni:

Visko ja riisu, riisu ja visko, ei ole rauha vallassa vahdon, nöyrry edessä taivahan tahdon, ristiäs kisko, ristiäs kisko!

Ma katsoin virtahan vierivään, sen ontto kohina huumas pään, näin synnin tarhat ja kalman ukset, näin kaikki katalat aatokset, ne rintaan hiipi ja rintaan syöpyi, ja riehui hirveät kiihoitukset ja sielu varjoihin yöpyi. Mit' ennen halveksin, taas sen näin, ja siihen tuskissa tarrauin, näin silmä silmästä kurjuuden, ma pahan pitoihin syöksyin suin, näin epätoivon ja hurjuuden, mi omaa sydäntä syö ja sortaa. Maa musta aukeni allani, näin jyrkän, viettävän kuilun taa, näin

tummanvihreän näljäportaan,` se syviin uumenten pohjiin
johti, siell' liehui lieskat ja kalskui raudat, ja näkyi hiiluvat
himon haudat, ja vaipui vale ja kaunistus, kuin synkkä
helvetin heijastus vain totuus tulessa hohti. Ma varjon
irstahat ilot näin ja selväin päivien valko-aaveet ja pala
palalta riistettiin pois lapsuusaikojen kauniit haaveet, mun
satumekkoni riisuttiin ja kaikki ihannepylväät kaatui, mit'
ennen kauniiksi aina näin, nyt oli virvojen harhatulta, vain
tyhjää ilmaa ma haparoin, ja kiilsi sormissa musta multa, ja
sydän, sydän se paatui. Ma katsoin virtahan vierivään, ma
vaivuin, vaivuin vain syvempään.

Marjon henki:

Ma tulen taas kuin vieras kutsumaton, mun silmäni sinua
seurannut on ain äitisi laudalta asti. Ma kuuntelin yössä
huountaas, kun kyynelet rintaasi kasti, ma tulen, kun sieluss'
on sydänyö, kun luistat varjojen valtaan, ma tulen, kun sydän
huutaa ja lyö, ja elämä työntää sun altaan. Et minua välttää
voi, oi, kuuletko, kuinka itku soi, nyt varjoissa vaeltaa saatto,
ja vuorta jyrkkää se käy, eikä yhtä tähteä näy; tuolla liitää äiti
ja taatto, ne katsovat toisiaan ja oottavat aamua vaan, oi,
miksei koita se aamu? Etkö näe, että turha on työsi, että
elämä huokuu hallaa, se sua polkee ja tallaa, ja pian olet
jäljetön haamu, nyt tullut on viime yösi, nyt tule, ma käteni
tarjoon, ma vien sinut varjosi varjoon!

Toinen ääni:

On loppunut varjojen valta,
 nouse, nouse kuin kontio hangen alta
 ja kourasi iskuhun nosta
 ja kosta,
 käy ja rynnistä, konnille kosta
 ja uhkaa,
 lyö ja polje ja tuli ne nuolkoon,
 majat polta, ne kanssasi kuolkoon
 valkeaan tuhkaan!


# XIII

Ja ilovalkeat sammui pois, yövahdin huudot ne ilmaan
hukkui, ja lemmen julkeat juhlijat ja hyvät voimat, ne
hennon heikot ne templein portailla yössä nukkui, vain
valvoi tornia mustat naakat kuin omaintuntojen pahat
peikot. Kuin sairas unessakulkija ma ylhään tapuliin
kiipesin, näin siellä hämyssä suuren kellon, kun kuljin
aukkoa mustaa kohti; kuin noita vihreessä hameessaan sen
vaskenvihreä kita hohti, ja kitalaesta kieli riippui kuin
avaruuksihin miekka suora, ja musta kasi sen läppää
pyyhki, se leikki hiiristä kanssa nuoran, se hyppi naukuen

loukkohon ja katsoi pohjasta pimennon. Ja kellon alle ma istahdin kuin oisin istunut siinä ennen ja unta valvonnut kaupungin, kuin talven tullen ja kesän mennen en päivää nähnyt ois vuosihin. Kyll' ennen nuorena soiton taisin, kun kasin emä viel' piennä mankui, kas, silloin tuprutti huoneet tulta ja lieskat suuteli kattomalkaa, kun vaino porteilla polki jalkaa, ja kello vonkui ja vankui. Vaan sitten iloiset vuodet vaihtui, kun aatos tyhjyyden piiriin haihtui, ja tuli mykkyyden raskas paino, ja valheen vainajat kummitteli ja hurja muistojen vaino. Ma vietin erakon hetkiä kuin vailla uskoa umpiyössä, ma valvoin juhlijain nukkuessa ja nukuin, raukat kun reutoi työssä. Näin rahanraatajat, ihmismyyrät, ne kiskoi kiistaten, kaivoi multaa, ja mulle vieraaksi muuttui maa; ma katsoin taivahanrantain taa, kun päivä vuorihin piirsi kultaa ja läpi ilmojen suhisten lens suven seuduille kurjen aura, ma mietin, jospa nyt siivet ois, niin sinne liitäisin kauvas pois; nyt niille houreille nauran. Ma katson nukkuvaan kaupunkiin, ma siellä tuhlasin nuoruutein, siell' ilon lahjoja sylin syysin ja huvin tulta ma heille tein ja tuskin murua heiltä pyysin. kun jouduin mieron ja murheen tielle, sain turhaan ovia kolkutella, ma onnen peruja heiltä vaadin, ne syntivelkani esiinkantoi, ja viha sanasta sata antoi, ma huusin kaikkien synnit julki ja pois ne luotaan mun sulki. Sain maksaa kyynelin eessä raadin, ma istuin kirkolla jalkapuussa, ja naiset nauroivat mulle tiellä, ja kommat kihahti konnain suussa, näin hävyn herjat sain kaikki niellä, ma purin hammasta, huulta söin ja turhaan ympäri löin. Ma torniss' istun, niin yksin jäin, öin päivänlapsille vihaa vannoin, ma läppää leikillä hyväilin, sen äsken helistä hiljaa annoin, vaan kohta riemuun se remahtaa. On aika täytetty, tuho tulkoon, jo viimein kärsimys loppui multa, pois tyrmän telkeet ma irti kiskon ja liekinjanoisiin lyhteisiin ma isken vihassa tulta. Hei, katsos kipenät kimpoo, kiiltää, ne tähtisateena alas viskon, ne tuliperhoina lentää, leijaa, ne lokakukkihin liitää saa ja yli sinisten kammioiden ne siitintomuaan ruiskuttaa. Kas, kas nyt palatsit, raadit syttyy ja ilohuoneissa liekit räiskyy, pois punaperhoni lentäkää, niin mieli laulaa ja läikkyy, läiskyy! Nyt on mun tekoni terttuun tullut, en himon kurjuutta kestää voi, nyt sydän huutaa ja vait on järki, siis soikoon lempeni kuolinkellot ja lyököön vinkuen kielen kärki! Nyt kääpiöillä on lemmon kiire, kuin hiiret linkuen lokeroistaan ne tuleen hyökkää, ne kiskoo kultaa, ne hyörii, häärii ja irvistää, ne torniin katsoo ja taivas loistaa, soi piu ja pau sekä hähhähhää. Ma nuoraa temmon ja temmon vaan, ja vasken ramina huumaa pääni, nyt sydänpohjihin mustimpiin soi tuhattuskien sora-ääni, yö-enteen lintuina naakat vinkuu, puutorvet turulla kilvan ammuu, ja ruiskun letkuista suihkut sinkuu, ja tangot tutjuu ja pumput puhkaa, ja häpypaalut ne kaatuu tuhkaan, ja kaikki uupuu ja sammuu; mut tuolla, tuolla kuin vimmoissaan taas liekit leimuvat uudestaan; siell' liukas naikkonen rinnoin paljain juur' istui ääressä viinimaljain, kun seinän reijästä katsoi kauhu, hän miehen polvelta ponnahtain suin syöksyi kirkuen läpi sauhun. Taas itkun ihanan, kurja, kuulen, nyt palaa kultainen kantele, sen kielet kimpoo ja vaikeroi, sen sydän viimeisen kerran soi, sen ääni puhtahan immen on, mi palaa paalulla rovion; kuin kultakruunu se kimmeltää; sen helke väräjää hiutuen, pois ilmaan katoo ja sinne jää.

Ma läpi melskeen ja joukon juoksin: ma tahdon ilmaa, ma tahdon alaa, jo voima minusta loppuun vuoti, nyt kaikki minussa palaa, palaa, pois, pois, pois kellojen vongan voihke, ne minuss' soimaten manaa, pauhaa, voi, etten niitä ma kuulla voisi, ma tahdon paeta korven yöhön, oi, rauhaa, armoa, rauhaa!

Ei, ei, en ryömiä tahdo, en, vielä pystyssä seistä ma jaksan, olen onneni herra ja pyöveli myös, verin raskaan velkani maksan, iske salama, lyö ukon nuolella päin, min' en myrskyssä taivuta selkää, en pelkää, en pelkää, vain sorrossa tuomari suuri sä oot, minä uhmaan ja hylkään Herran! Ja kirottu olkohon suvinen yö, jona lemmessä synnyin ma kerran, minä kiroon maan, jota ruumiini syö, ja taivaan, mi sieluni lakoon lyö, myös kiroon riemuni kaupungin ja sen portin otsaan ma kirjoitan: "On täällä rakkaus raunio, käy pois kun aika on vielä, ja riemu hetken on kangastus, se kuultaa etsijän tiellä, käy näiltä porteilta matkamies, jos houkko takaisin käännyt, niin hukut tuskies tuleen ja lemmen nälkääsi näännyt!"

Pois yli syksyisen harmaan maan, en tiennyt, minne, ma kuljin vaan kuin kantapäilläni lieskat liehuis ja sois ne sähisten takanain, kuin käärmeet kiertäisi polun eessä ja pensaat puhuisi sivullain. Ma mykkää mutinaa kuuntelin, kun oksat oksia vasten kitkuu, ma suolta hukkuvan huudot kuulin kuin äidin henkäys oisi käynyt, mi suli liejuun ja lapsen itkuun. Ja korpi eli, se velkoi, viilsi, sen silmät seuraten puista kiilsi; ma mustain siipien suihkeen kuulin ja sanajaloissa soitatellen ja kultakulkuisin, vaskivaljain ma Kalman tulevan luulin. Ma laskin päivät ja laskin kuut, näin keltakäädyissä suvenpuut, ma maahan katsoin ja itkin, kuin täytyis aina mun käydä näin suon suuren rantoja pitkin, kuin tähdet sammuen lentäisi maan alle maailman päähän, ja jalan lämpöiset viimejäljet ne tarttuis lumeen ja jäähän. Soi yksi aatos mun sielussain, ja yksi vain oli määrä: ma omaa varjoa vavahdin ja itse itseäin pakenin ja tunsin, tieni on väärä.

— — — — — — — — — — Ja tuli valkeus, loisti maa, ja perhot pilvistä kantoi lunta, ma ääneen änkötin itseksein: nyt hyv' on olla, ma tahdon kuolla ja nähdä valkoista iki-unta Kuin rauhan rannoille nukkuisin ma lumen loistolta silmän suljin, ja katso, taivas se kirkastui, ma kentill' autuuden kuljin: näin vuoret välkkyvät, siniveet, maa kiisi vihrehin loimin, ma kuljin valkeissa vaatteissa ja heloliljoja tieltä poimin, ja taivaan kaukainen kuoro soi, lens kultaperhoset kukkain päistä, ja vaimot vaelsi harppuineen, ne lauloi ylkänsä häistä. näin miehen valkea-otsaisen, hän kulki hiljaa kuin kuningas, ja tieltään poimuissa pilvet väisti, hän katsoi suruisin silmin mua, kun harput hymnejä säisti. Hän katsoi sieluuni häikäisten, kuin korsi maahan ma taivuin, ma tartuin vaippansa liepeisiin ja jalkain juurelle vaivuin...